ART思行入門

志美津 民綱 Simiz Tamituna

CONTENTS

はじめに ——ART 思行から始めよう

感動はひとを美しくする。

性別や年齢・国籍や言語などを超越した感動。そして感動の循環で自身を含めた
ヒトとセカイを美しくするために。

私の始まり 5/10（トランジット）

二十歳（はたち）を過ぎて地球 13 カ国目に入った時
私の人生（じんせい）はまだまだ霧（きり）に包まれておりました
毎日懸命（けんめい）に　今　を生きているつもりでいました　が
ART とは何か？

私とは何か？

そればかりを探し求めて　まだ見ぬどこかにその答えがあると懸命に探していました

13 カ国目のトランジットで空港に数時間の足止めをされました
独（ひと）りになりたくて空港の外に出たとき

空を見上げた瞬間

すと～ん
と何かが降ってきました　思い起こせば　人生が腑に落ちた瞬間でした

私が何者なのか？　Artとは何なのか？　その答えはこのセカイの何処かにあるわけではなく　私は既に手にしていたことに気がついたのです

いやもしかすると
その時やっとそれらの概念を　自分自身で根本から造り出すしかないことに気がついたのかも知れません
感覚的には　悟りに近いモノがありました

それまでは他人事のように「どこか」に「いつか」あるものを探していました

それは

私の目の前に「いま」

私自身として「ここ」にあったのです

私の関心

私の関心は

自分が生きている意味や産れてきたこと　その目的の研究から
自己表現としてのART　はたまた人類の歴史としての芸術
ひいては愛と人の営み　社会活動と地球についてへと拡がり
しぜんと研究対象は　科学や宗教などの　知と心　へと　繋がっていきました

学べば学ぶほどに知ることとなる　対処療法的な家庭や社会について心を痛め　それら
にお節介を行い始めました

このセカイを救おうなどと　独りよがりな言動を行った時期もありましたが
今このセカイの成り立ちを完全に理解した上で
さあ伝え切ろうと　日々奮闘しています

＊この話にはおまけが付いており、関心を突き詰める果てに、私はいつの間にやら独り
　では生きられない「人間」に成っていました。やっと、ね。

ワクチン

ワクチン 2020 年

時勢がら、このフレーズは生活と一体化していましたね。

ワクチンは「お薬」として一定の効果があるはずです。

と、ともにワクチンの接種そのものは本来、「個人の選択肢」ではないのか　とも感じていませんでしたか？

この視点が、立体的な ART 思行の原点です。

とある一つの面だけを見ていては、それは選択肢ではありません。「人間らしく生きる」には選択肢の中から自分に合ったモノを選ぶことも大切なことです。

さらに選択肢を持たないときでも、目の前のことに盲目的に全力で取り組めることも

「私らしさ」になることができます。

選択したモノをさらに「私らしく」アレンジするのも大切なことです。

こうなると「人間らしさ」って何か？　と考えてしまうかも知れませんね。

そんな時は、こう言いましょう、「迷ったり足踏みしたり！　こんな私も私らしさなんだ！」とね。

それで解決です。

「私らしさ」の大切なことは、「私が決めたのだ！」と思えることかもしれませんね。

視点の違いから来る感情

人間は暇である。

こう述べると、いかにも「好戦的」と捉えられてしまうかも知れませんね。

この続きはこうです。
「だから理由がほしい、定義がほしい。
実は、自由は暇であるから退屈なのである。
それゆえに自らに不自由を与えるのである。
決断という不自由である」

好戦的と捉えた貴方のその感情は、21世紀を、立体的と捉えて生きるには息苦しいのかもしれません。

セカイは、「人類」や「生物」といった個との相対性と、「私」や「個性」と言ったものの絶対性とが同次元で成り立っている立体である。複合体であるからこそ、決断をしないと迷うことになる。

それは、永遠とか瞬間とかと同じことで、所詮定義にすぎない。

どちらも、ここには同時に存在する。

いうなれば、「すべてがここにある」のである。

だから感情という産物を使って、決断をしなければ生きづらいのかもしれない。

自分の価値を決められるのは自分だけ

ある時　私自身の価値に気がついた
そして　その価値に基づいて言動した
しかし　周囲はそれを認めようとしなかった　受け入れようとしなかった

それならば　と
私自身を受け入れられる環境を探し求めて　旅に出た

さらに　あるとき気がついた
私が探しているような環境は　ないのかも知れないと

いいえ　正確には　ここに既に在ったから

私が気がつけば　セカイがかわる
私自身がセカイの環境因子であり　構成要素なのだから

私の価値を決めるのは　私だ

やらないことを決める人とは

「やらないことを決める」ということは、
自分が何者かを認識している者に与えられる選択肢であろう。
もしくは、自分が「何者かに成りたい」者の選択肢かも知れない。

この決断は、「自分を愛する」と決めることと同じ意味を持っている。
それは、利己主義や自己満足とは違う「自信」に結びついているのかも知れない。
世間体や無責任な他者の意見に振り回されることなく、自分を大切に自分を愛するコト、「私らしくあること」で自らの立ち位置を明確にして、ジリツ（自立・自律）するコトを意味している。

いずれも意識の問題で、社会性と自己のバランスをとるのが難しい。

それゆえに、ヒトは一人ではジリツが出来ない。

家族や仲間や上司や部下や友人や恋人や同僚や同志などがいて、共にジリツするのである。

なぜなら、互いに尊重しあい、容認しあえる者たちとしか、共に生きることはできないのだから。

毎日、造語の日本語は

そのむかし　あるところに　「おぱんジー」　という語がありました
それは　onomatopoeia（英・オノマトペ）　と呼ばれている語からの造語でした
感情や意味や状況や時代や環境などの視点で　その存在自体があやふやな存在です

それゆえに　取り扱いを　慎重にしてしまったり　粗末にしてしまったりもします
漢字（感じ）・カタカナ・ひらがな・アルファベット・数字・表意・表音のように　日
本は既に　世界標準のハイブリッドバイリンガルの風潮がみなぎっています

このように　言葉は　個人の感じ（感情）を共有（相対化）するための方法です

言葉は　相互理解のためのツールに他なりません
それに囚われすぎても　頼らなすぎても困ります
バランスをとること　それは自分という絶対性と　生命という相対性のバランスかもし
れません　言葉も生きています　感情だからです
生きているということは　状況に応じて変化するということです
言葉のように

あなたは？　生きていますか？　変化していますか？

出来ること出来ないこと。あらためること

好きな人のためになら何でもする。
もしくは、好きなコトのためになら何でもする。
好きという感情から自然に行動する。

その行為を「修行」ととらえたり「努力」ととらえているうちは、自然体ではないので
しんどいだろう。
同じように出来ないコトよりも、出来るコトよりも
あらためるコトがいちばん大変だからこそ、いちばん大切なコト。
大変なことは「カッコイイ」。だから大切にできる。

この価値観を持てるかどうかで、人生は激変する。

いちばん大変なことをやってみよう。

愛のカタチ

私は愛を目にみえるカタチにする　手に触れられるカタチにする
言葉のような音だけではなく
行動と結果で表現する
ただ　それは一方的に捧げるだけになることが多い

のちに知ったことの一つが
・相手はそれが当たり前で過ごしてしまい、「ありがたい（有難い）」ことに気づけない
・愛の量が多すぎて　受け取る側の容量を超えるので　供給過多となる

愛　＝　知識×技術×経験×質×量　＝　人間性

この方程式は　何も親だけが持っているモノではないと認識したのは

それを　私が実践する立場になったときだ

自分を解放する

幼少期を過ぎると
人間はなぜか　脳で自分の限界（リミット）を作ってしまうようである

自分を解放する方法の一つに
この自分でかけたリミットを解除する方法がある

頭で無理だ　と決めていることを
体に達成させるのである　するとおのずと
頭と体は統合されて　GAP がなくなる

これが解放となる
直結するとストレスがなくなるので

統合は　同時に解放でもある

空気がうっすら湿ってきましたね。春かしら？

最近の皆さまはいかがお過ごしでしょうか？

グローバル化が進めば進むほど、DX（デジタルトランスフォーメーション）で繋がれば繋がるほど、私たちに必要な多様性は薄れ、可能性と不確かな自信が芽生えてくるようです。

だからこそ、SLP（ソーシャルライフプラクティス）は改めて生活にフォーカスして、縄文時代文化のようにART（アート）へ昇華します。

「生活は文化・文化はART」＝「生活はART」

この概念は、私たちが2018年に「碑 Studio」を設立して、2020年に「キッズデザイン

賞」*¹ を受賞したことにより証明されました。

次のステージは日々の活動（生活）そのものにフォーカスをして、生活（＝ ART）を
さまざまな方々を繋ぐ要素として作用させていきます。

その第3弾「創作と発表」は、生活の中のありふれたシーンをかいつまんで共有し、人
生の選択肢と可能性について「立体的にする」という取り組みです。
これはエネルギーの本質です。
エネルギーそのものは見ることや捕まえることが出来ませんが、何か別の物に阻まれた
り衝突することでその存在を確認できます。
一緒にエネルギーをカタチにしましょう。

それゆえに、この「創作と発表」（立体的取り組み）が人類に作用するはずです。
私たちが、意図的に関わることで相互理解と相互の存在理由が確認・立証されます。

私たちの作用（立体的にすること）は　違いの認識に繋がり多様性へと拡がる

多様性は　選択肢へと繋がり可能性へと拡がる

可能性は　希望へと繋がり自信へと拡がる

自信は　自己覚知へと繋がり解放へと拡がる

解放は　自我（恐怖や不安）の超越へと拡がる

＊1　特定非営利活動法人キッズデザイン協議会による、子どもや子どもの産み育てに
　　　配慮したすべての製品・サービス・空間・活動・研究を対象とする顕彰制度。

誰の責任なのか

思いどおりいかずに、つい苛立つことがある。
そんな時にふと「どこからこの苛立ちが沸いてくるのか？」と考える。
もちろん毎回このように「ふと」できる訳ではないが、ふと考える。
「はたしてこの感情は誰かの責任なのだろうか？」と考える。

私なりの解釈では、感情は個人のモノなので「自分の責任」となるわけで、その理屈が
なかなか腑に落ちないときがGAP＝ストレスとなる、と捉えている。

そのことが理解出来たからと言って、苛立ちがなくなるわけではない。ただ、その感情

の処理の仕方が、自分にとって納得のいくものになるコトは間違いない。

自分にとって納得がいくという意味は、自分が大切にしているコトを守り通すことに繋がる。

それを繰り返し繰り返し生活を紡いでいくと、納得がいく人生になる。

それは間違いなく幸せな人生だろう。

そんな人生を送り始めている

活眼を開くには

そのモノの　言葉そのモノの　意味
そういう理屈では
そのモノの　歴史を知らないと
そのモノの　正体はわからない
そういう視点では
自らが　そのモノに　感じ入らなければ　物事を見抜く眼力は身につかない
だからって
焦る必要はない
いつだって　何歳からだって

自分が決めればいいのだから

ただ　そのモノの時には　それを見ることはできない

相互理解の源

ソウゾウの源である 「感情」 に隔たりはない

それはアクションに対するリアクションをもたらすモノ

個々人や専門家たちによって表現される文字や言葉・数字や記号・立体や映像などのように
表面的には一見 相互性など感じさせない姿が 混乱をまねくこともあるが
その起源において 同一である

感動は情緒を美しく育み
よって　人は感動により美しくなる

感動はひとを美しくする
それゆえに相互理解ができる

相互理解しませんか

出会いは必然

人は必要なときに必要な人と出会い
必要なときに必要な場所に居て
必要なときに必要なモノを手にするそうです

今日もそんな出会いがありました

「私らしく」あるためにも
半分は場所を空けておくのが良いかのしれませんよ

やりきっている？

溌剌と生活をされていますでしょうか？

晴ればれと活動をされていますでしょうか？

さて 10 年前、私は新たな人生のステージへと進む時が来ました。

振り返ると私が「次のステージへ進む」時は、自他共に認める「ヤリキッタ」時です。

精神的にも肉体的にもヤリキッタ時は、次のステージへの扉が開きます。

今だから理解できますが、きっと私自身が認識するよりも先に、周囲の方々が「次」を認識していることの方が多かったと感じます。

　―中略―

今は待つ側になりましたが、それでも待ちきれずに右往左往して無駄なこと（暇潰し）

38

をしてしまいます。

きっと私を指導してくださった方々は、もっと歯がゆい思いをしていたことでしょう。

それでも私は、沢山の期待と指導をもとにして生きていることに感謝しかありません。

　―中略―

皆さま　やりきっていますか？

一緒にやりきりましょう

PEACE！

がんばっている

私はがんばっている。
という自己満足では　孤立する

貴方のがんばりも　貴方が本気なのかどうかも
他者が決めること

結果ではなく
誰かのための成果でなければ　評価はされない

だから
協力しなければならない

解^{わか}っちゃいるけど——

自己防衛

大丈夫だから　安心して
協力しても
決して「私らしさ」は失われないんだから

だから
協力しなければならない

解（わか）っちゃいるけど——

自己防衛

大丈夫だから　安心して
協力しても
決して「私らしさ」は失われないんだから

事実

このセカイには正しいことなど何一つなくて
「事実」　が羅列されているにすぎない

その「事実」を　どのように捉えるのか
それは　「喜怒哀楽」　個人の反応である

民主主義が正しいわけでもなく　多数決が正しいわけでもなく
少数派が正しいわけでもなく
感情　＝　経験が　私を私たらしめている

その　私　すらも正しいわけではなく
ただ　私　であるにすぎない

確かなことは　私は　このセカイの事実の一つであるということ

わたしの内でバランスをとる

夜中に気がついて目が覚めた

本質的には
エネルギーという視点から
意識的にわたし自身でバランスをとる必要はなく
ありのままであってしかるべき
このセカイの全体としての一部であり総てで良いはずだから

本質的には　わたし自身でバランスをとる必要はないことに

夜中に気がついて目が覚めた

いつだって

そこに思考があって　物質としての肉体がある
わたしである
既に　わたし

望もうと　挑まざると
気づこうと　築かざると
思おうが　想いおよばざるとも

すでに　わたし　は

わたし　なのである

であるからして
いつだって　安心なのである

大丈夫　あなたもあなただから

選択肢があることで　幸せではない

選択肢があることで　感謝を感じることがある
ただ
選択肢があることで　幸せではない

選択して決断できるから幸せなのである
その決断が　私らしさの結果となる　選択と決断こそが私なのだ

実はわれわれ人類にとって選択肢は無限だ
そのため　選択肢そのものは幸せではない

無限ということは　可能性を可能性のままにしておくことだ
そのことは　実は可能性を失うこととなる

決断（有限）をするから　次の可能性（無限）が現れる
絶対の解というものは有限の世界であるから存在できる
無限なものからは絶対の解は得られない
それゆえに　選択肢は幸せの要素かも知れないが　幸せそのものではない

あなたが選択して決断することが　幸せ（絶対）なのである

本物は争わない

争いの原因はストレスである

ストレスは自我によって成り立つ
「思い通りいかない」「恐怖や不安」　＝　ストレスを抱える

共存は依存の関係から成り立つ
共依存であるから協力して創造もできる

時には自分を失うことを受け入れてみるのも人生では愉しい

自我のバランスが大切だ

本物は争わない　自我を超越するから

天才という偶然の産物を

天才という偶然の産物を　本能というカテゴリーに定義するならば
努力という必然の産物を　理性というカテゴリーで定義する

本能を理性でサポートする　からこそ　継続性が生まれる

それを独りでできる人間は少ない
ただし「現代人には」　という前置きが必要になる

それだけ　文明が変化して　分業が進み　細分化が図られて　暇なのである

深く学ぶこと（絶対値）と　広く学ぶこと（相対値）の両方が　ジリツであるならば
現代人とはジリツしづらい　種族である
それゆえに　創造は安易ではない
だからと言って　あきらめてもいけない　「あきらめ」は理性の産物である

ゴルフについて

大衆文化の一つでもあるかのように
ゴルフが正しい趣味であるという風潮は
昭和の昔に
電車の中でたばこが吸えた時代のような
社会風潮を真に受けているにすぎない

それに気がつくかどうか以前に
愉しめればいいんじゃない

そうでなければ気にしなくていい

ただの食わず嫌いかもしれないし

想造の対義語

天使の反対が悪魔でもないし
戦争の対義語が平和でもない
それは
女性の対局が男性ではないことと　おんなじこと

つまり　それは「言葉」にすぎない
貧困の反対が裕福でもないし
幸せの対局が不幸せでもない
誰かが創り出した　対比構造風な幻想にすぎない

なぜなら　このセカイは　立体だから
対比構造の二局面風は　バーチャルな世界

となれば　当然

想造の対義語などは　無い　のである

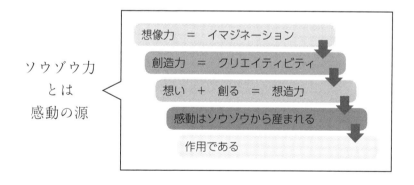

ソウゾウ力
とは
感動の源

想像力　＝　イマジネーション

創造力　＝　クリエイティビティ

想い　＋　創る　＝　想造力

感動はソウゾウから産まれる

作用である

運でも才能でも

運や才能や努力でもあり
時代や風や水でもある
それが可能性でもあり
それが自然でもある

いずれも
人間が考えた　ふうなモノにすぎない
いわゆる自然と人間は　対等ではない
持続可能か？　などもってのほか

人間が考えることではない
その概念をもとに考えをスタートすれば

地球に笑われてしまう www

バカは死ななきゃ治らない

「バカは死ななきゃ治らない」一昔前にはよく聞く言葉でした。

今は社会が「キレイ」になりましたから、なかなかお目にかかれなくなりましたね。

しかし、本質的には正しいことを述べています。

今、ご本人は気がついておられない「感覚」は周囲の方からすれば、人間として、また社会人として滅法受け入れにくい次元なのでしょう。だから「バカは死ななきゃ治らない」と言われるのだと私も身にしみて存じております。

世間様から見れば、このセカイの一員としてバランスが悪いと言われているのでしょう。そのとおりなのですね、現状が苦しいのはご本人も苦しんでおられるはずなのです（ただし皆さまからとは違う視点で）。そこで私なりに考えました。

やっぱり「一度死んでみる」ことですね。生きながらにして生まれ変わる。これは精神的な回路の話を申しております。一度間違って繋がってしまっている概念を、精神的な神経構造を切って、もしくは正しい回路に修復して人生をやり直しましょう、と言う意味で「一度死んでみる」ことをお勧めいたします。

いわゆる「概念のアップデートを行う」もしくは使い古した「常識のアップデートを行う」ことを意味します。現代的な感覚としては、このフレーズの方が受け入れやすいかも知れませんね。

さあ、ここまででいかがでしょう、貴方自身を振り返ってみて「常識のアップデートを行う」必要がおありでしょうか（ちなみに私は人生で４回行いました）。

時には　自分の固定概念すら疑ってみることですね。

海辺のまちには

海辺のまちには　油揚げを狙っているヤツがいる
不用意に野外で立ち食いなんてできない
だけどさ　常に上空を気にするって　なかなかなことだよね

その「事実」を　どのように捉えるのか
それが　あなたらしさである

事実の受け止め方があなたらしさであり　その事実を自分で受け入れきれないときは
成長期や変革期である

上空のトンビが　それを促してくれているとしたら

なんて素敵な　師匠であるか

意識の距離感

意識の距離が近いと　理解が速い

距離が遠いと　理解は遅くなる

それは物理的なモノに限らない

自身の脳と身体の距離が近ければ近いほど　ストレスは少なくなる

人間も同じで　自分と他者の距離が遠いと理解が遅くなり　ストレスが増える

自分と他者の環境的距離や思考的・指向的・志向的・嗜好的・背景的距離

ストレスは距離の GAP から産まれる

それなので

なるべくポイントからポイントまでの起点をたくさん用意することで　ストレスを軽減

できる

それが理解出来れば　距離感よりも起点つくりに重点を置くことになる

相互理解は「質の前に量」である　または「質を得るための量」であるとも言える

面倒くさがり　自分自身の量を敬遠するから　当然人生の質を得られない

相互理解は「質の前に量」である　または「質を得るための量」であるとも言える

と言いながら

実は距離なのである

双方が歩み寄るつもりがあれば　のお話でした

退屈で自分を持て余す

退屈で自分を持て余しても
どーん　と無自覚に自分を信じるコトができる

リセットの時

me にできること

me にできること
それは

あなたの直ぐ後ろにいて　あなたが下がらないように支えること

あなたの前に出てリードしたり
あなたの横にいて並走したりすることではない

直ぐ後ろにいて　下がらないようにすること

協力

協力は幸福を手に入れる一番のアイテムだ

自らが不満足で（しかも本人にはその認識がなく）「他者に不幸にさせられている」と思い込んでいる人は　他者依存

その感情の中身は曲がっている

第1感情には　「私は満足したい」「幸福になりたい」という思いがある（正常）

第2感情には　それを「他者に行って欲しい」と願う（本来はここが協力のポイント）

しかし　それを他者が私の「思いどおり満たしてくれない」「行ってくれない」となると（曲芸）

第3感情の　「だから私も協力しない」もしくは協力しない他者に「被害を与える」と

いう感情につながる（曲芸）

そして思い出して欲しい

スタートの第1感情は正常なのだが　第2・3感情が他者依存に曲がってしまっている
ことを
これでは自分の人生を生きることはできない
人生の幸福は　自らの価値観と照らし合わせて自らが感じるモノである
それを他者に依存してしまっては　他人任せで人生を狂わせられる

ジリツ

たとえば

性器がいじりたい
それはジリツではない
生理現象であろう

生理現象は動物の本能的なものであるから　ジリツではない
ジリツとは　人間的な社会的な作用のことをいう

具体例としては　状況の中から自分に合った選択肢を決断できること

それは協調しないという意味ではなく　迎合しないということだ

反発をすることではなく　自らの価値観に従っているだけである

頑(かたく)なではなく　決断と覚悟の結果である

妄想ではなく　夢中である

意識的に　夢中なのだ

自らの道を見つけ　歩み続ける

そうでなければ　退屈な日々に翻弄(ほんろう)されてしまう

それを　ジリツという

退屈な日々に翻弄されずに　今を夢中に生きる　これがジリツである

どこにいようと誰といようと

(ただし日本では　現在の地球上では生き辛いかもね)

限られた定義の中で議論しない

限られた定義の中で議論しても　新しい発見はない

あらかじめ決められたカタチに興味があるのならば　Art（芸術）に出番はない
いま観えていないものを観たい　いま認識できていないことを認識したい
同じモノを観ても　同じことを行っても　違いがあるのはなぜか
そんなときに　ART思行（哲学）は有効的だ

自分が思考したイメージや
いま自分が観えているモノ　感じていることが100％ではない

言い換えると　「知らないことを知っている」　不確実を認識している
それゆえに　今をより確実なモノにしたい
そんな方に必要なのが　ART 思行である

ただし　あなたが観たい今は　あなたには観ることができないかも知れない

なぜなら　気がついたあなたが　今から創り出すのだから

富士山になった日

成る

富士山になりたいと眺めていた
ずーーっと　ずーーーーっと　眺めていたら
2022 年 5 月 23 日　今日　富士山に成っていたコトに気がついた

直線的な動きから　派生的な拡張に
地団駄の真ん中に　波紋の中心に

面としての捉え方から　空間（時代）としての捉え方へ
先端から　中心へ

火山のように　噴火口のように　波紋を派生させる
地団駄の中心へ

そして　土に

セカイの成り立ち

セカイの成り立ち

2022.05.25　本日 10：30 頃　電車内で
このセカイの成り立ちを解読しました

非常に清々しい気持ちです

居ても立っても居られなくて　幼_{おさな}なじみに報告しました

ここ数年　「科学と宗教」「芸術と理性」「障害と健常」のような構造について　説明を
求められることが増えて　頭を悩ませておりました

決して　説得するわけでもなく　そして　弁解するわけでもなく
ましてや　強制するわけでもなく
手にしている解を　ただその事実をセカイの選択肢として伝えること

その解読を「世間」にもまれながら　生活実践の中で会得する
それが叶った瞬間でした

何処にも矛盾するところなく　そのものをそのまま受け取ることができる
しかも伝わる解読をしました

そのエッセンスを
よろしければお分けいたします

そして忘れた

そして忘れた
忘

そして
空
となり

始まる

躾　しつけ　仕付け

生命は伸びる力をもっている
それは　縦にも横にも斜めにも後ろにも前にも　時にはとぐろを巻いたりもする

天に向かってまっすぐ伸びるだけが　正しい生き方ではない
であればなおさら

その伸びる方向性を定めなければ　芽はあらぬ方向へ伸びることになり
時には自らの首を絞めることにもなる

自我によって　我がままは時に　自分をも苦しめる

さあ　どうする！

その後

その後
未来が視えなくなった

言葉を忘れ
意味を忘れ

感情を忘れ
道を忘れた

そんな中でも
残っていたのは

何かの役に立ちたい　という
祈りに似た　願いだった

このセカイの解読と共に　祈りのような　願いごと　を手にした

Artist

Artist とは
人間の持っている能力の限界に挑む者のことである

それは
将棋士であり
アスリートであり
狂言師であり
漁師であり
文芸作家であり

イラストレイターであり
手品師であり
音楽家であり
大工であり
主婦であり
サラリーマンであり
小学生でもある

そしてきっと
赤ちゃんがチャンピオン

生きること
どう生きるか
何に夢中か

どんな能力の限界に挑戦し　何をセカイに還元するのか

それを行っている者は　Artist

本当に個人の領域を超えたいのか

ただ闇雲に彫り進めていく

たぶん自分を信じて

繰り返し　繰り返し

そうすると
納得のいく作品が出来上がる
自分という　作品が

自分を信じるということは

DNA　すなわち

人類を信じるコト

無意識を支えきることはできない

言葉は　無意識そのものだ

それは　例えば「花」から明確になる

花自身は花であることを認識していない　＝　無意識である

ヒトも同じかもしれない
無意識であるから支えられる場合も

意識があるから支えられる場合もある

無意識自身は支えることはできない
無意識という言葉すら生み出さないから

ゆえに　デカルト曰く「我思う　故に我あり」となる

仲間のために　家族のために　自分のために

家族のために　あなたは何ができるのか

仲間のために　あなたは何をしているのか

協力とは　そのまんま　あなたの存在意義である

あなたの行動が　その意義を産み出す

言葉では言い表せないことがある
これを認識しないことには　行動に力は伴わない

ましてや　言葉に囚われていたら　なおさら行動には結びつかない

言葉遊びも　時には必要だ

と同時に　行動をおろそかにしない方がいい

ダイヤモンドは鉱石であるとともに

皆さんご存じのダイヤモンド
地球上で　いちばん堅い石　としてご存じかも知れません

ところが
これは　人間市場の　社会経済の　商品価値としての視点です

実は　ダイヤモンド以上に堅い鉱石が　地球上には数種類　確認されています
ただ産出数が少なすぎたり　商取引上　高額すぎたり　商品価値がなかったり
商品市場を構築できなかったりで　私たちの目にはなかなか触れられません

そもそも　特殊産業のみで消費されてしまったり
もしくは地球外鉱物だったり

何が申したいのかと言えば

ソクラテスも曰く「知らないということを知る」ことが大切である
それがリベラルアーツであり　悟りの第一歩でもあるようです

私たち ART 思行は　まったく恥じることなく
「知らない」ということが「当たり前」であることからスタートしましょう

それから
ダイヤモンドは硬いが　よく燃えます

おわりに

まず、この本の読者の皆さまに感謝をいたします。

それから非常識な私を育ててくれた両親や身近な人びとにも感謝をいたします。

さらに、そんな私を支えてくれる妻や息子たちと娘、共に居てくれる友人や、お世話になっている仲間たちにもこの場をお借りして感謝を述べさせていただきます。

本書刊行に際して、同時代社の川上隆社長、編集・校正の山本惠子さんのご尽力にお礼申しあげます。

さて私・志美津民綱、5歳で水の張っていないプールに頭から落ちて「死」を体感。10歳の時に交通事故で記憶喪失を経験。14歳でイギリスに留学。15歳でArtと出会い魅

了される。21歳でニューヨークのアートカレッジ時代にアートセラピーと出会う。帰国後、2000年Artistとして「初代糸民（タミツナ）宣言」をおこない、デビュー。その後、日本の大学で「人間科学」を専攻してソーシャルワーカーも始める。26歳で結婚。

現在は3児の父として妻と共に子育てにも奮闘中。

こんな並外れた成長・生き方の結果、自分磨きが趣味だった私が、オトナ向けにアートセラピーのスタジオを開設して「お節介」をはじめました。

「？」と疑問ばかりの人生の選択肢の一助に少しでもなれたら幸せだと思い、「ART思行のワークショップ」をスタートしたら、思いもよらず学生を中心に好評で、私の思いと経験を「本」の形にすることができました。

毎回テーマを決めて行うワークショップの中から、改めて文章に残しておきたい項目をピックアップしてみました。

ワークショップの回を重ねるごとに、言葉を綴ることで、私自身も自らの人生を顧みることができ、共に学びあうことの相乗効果を実感させて頂いております。

この「長く広く深く多様な」チャレンジが皆さまにとっても、「人間らしく生きる」た

めの一助となることを心から願っております。

そして　今年も季節の足音が聞こえてきました

　　2023 年 3 月吉日

　　　　　　　　　　　　　　　　　　　　　　　　　　志美津民綱

著 者 略 歴

志美津民綱

(しみづ・たみつな)

ヒューマンコンサルタント。1974年、東京都生まれ。
「感動はひとを美しくする」を活動理念として、
年齢や性別や国籍や言語を超越した
人と人とのつながりをサポート＆プロデュース、
多様性と相互理解のアドバイザーを行っている。

ART思行入門

2023 年 4 月 18 日　　初版 1 刷発行 ©

著　者　　志美津民綱

発　行　　株式会社 ArtSpace DragonFly
　　　　　〒152-0003 東京都目黒区碑文谷 1 － 11 － 15
　　　　　TEL 03-5734-1642　　FAX 03-6452-2947

発　売　　株式会社同時代社
　　　　　〒101-0065 東京都千代田区西神田 2 － 7 － 6
　　　　　TEL 03-3261-3149　　FAX 03-3261-3237

印刷・製本　中央精版印刷株式会社